MANUAL DE LA BRUJA

POR MALCOLM BIRD

MANUAL DE LA BRUJA POR MALCOLM BIRD

ANAYA

© Malcolm Bird. © De esta edición: Grupo Anaya, S. A., Madrid, 1985. Juan Ignacio Luca de Tena, 15. 28027 Madrid. Título original: *The Witch's Handbook*. La primera edición en Reino Unido ha sido editada por André Deutsch Ltd., 1984. Great Russell Street, London, WC1B 3LJ. Creación A.K.A. Ltd., 73. Clarendon Road, London, W11 4JF, y producción de David Boot (Publishing) Ltd., 6, Kings Avenue, London SW4 8BD. ISBN: 84-207-3372-5. Depósito Legal: Bi. 1.529/2003. Imprime: GRAFO, S. A., Avda. Cervantes, 51. 48970 Ariz-Basauri. Bilbao

Impreso en España - Printed in Spain

1.ª edición: octubre 1985; 2.ª edición, junio 1986; 3.ª edición, mayo, 1987;
4.ª edición, diciembre 1987; 5.ª edición, junio 1989; 6.ª edición, julio 1990;
7.ª edición, julio 1992; 8.ª edición, septiembre 1998; 9.ª edición, noviembre 1988;
10.ª edición, julio 2000; 11.ª edición, noviembre 2002; 11.ª edición, junio 2003

TRADUCCION: TITA DE UICHI

PARA ALAN

QUEREMOS DEJAR CONSTANCIA
DE NUESTRO
AGRADECIMIENTO
A ALAN DART POR SUS RECETAS
Y MODELITOS DE PUNTO Y A
MARGARET TARRATT Y KEVIN
GOUGH-YATES QUE NOS SUGIRIERON
LA IDEA, FUENTE DE MUCHAS
HORAS FELICES DIBUJANDO
UN TEMA FAVORITO —
GRACIAS.

CONTENIDO

CAPÍTULO 1
CÓMO ELEGIR Y AMUEBLAR EL HOGAR

CASAS QUE SIRVEN

TORRE DE LOS MURCIÉLAGOS
PARA LA BRUJA QUE DUERME DE DÍA Y JUEGA DE NOCHE CON SUS AMIGOS LOS MURCIÉLAGOS.

MOLINO DE VIENTO
A LAS BRUJAS LES GUSTA LO GRATIS, Y HAN TRANSFORMADO EL MOLINO PARA NO PAGAR ELECTRICIDAD.

CASA CUCURUCHO
ESPECIAL PARA LAS BRUJAS VAGAS QUE PASAN DE QUITARSE EL SOMBRERO CUANDO LLEGAN A CASA.

CASA DE PEAJE
IDEAL PARA LAS BRUJAS QUE DISFRUTAN CAMBIANDO LAS SEÑALES PARA DESPISTAR A LOS CONDUCTORES.

CASAS QUE NO SIRVEN

CALLE DEL SOL Nº 10
UNA CASA DE VECINOS NO LE SIRVE A UNA BRUJA, YA QUE ESTOS SUELEN SER EXCESIVAMENTE COTILLAS.

VILLA BELLA
EN LAS CASITAS DE CAMPO NO PUEDE UNA ESTAR SOLA: ¡HAY UN IR Y VENIR DE TURISTAS QUE NO ACABA NUNCA!

HOGAR PARA BRUJAS JUBILADAS
LAS BRUJAS SON EGOÍSTAS Y ODIAN COMPARTIR SUS COSAS; UN HOGAR ASÍ NO TENDRÍA NINGÚN ÉXITO.

CAMPING EN LAS ALTURAS
POCO PRÁCTICO PARA VIVIR A CAUSA DE LA VENTOLERA, AUNQUE SÍ MUY PINTORESCO.

LA CASA IDEAL

LA CASA DE UNA BRUJA ES MUY IMPORTANTE YA QUE EN ELLA ES DONDE PRACTICA SU MAGIA. ESTA BRUJA HA TENIDO LA AMABILIDAD DE DEJARNOS TIRAR ABAJO PARTE DE LA FACHADA PARA QUE PODAMOS VER CÓMO ES SU CASA.

PISTA DE DESPEGUE PARA LA ESCOBA

CUARTO DE BAÑO

LEÑERA

PERCHA DE MURCIÉLAGO

COCINA

PISCINA DESCUBIERTA

10

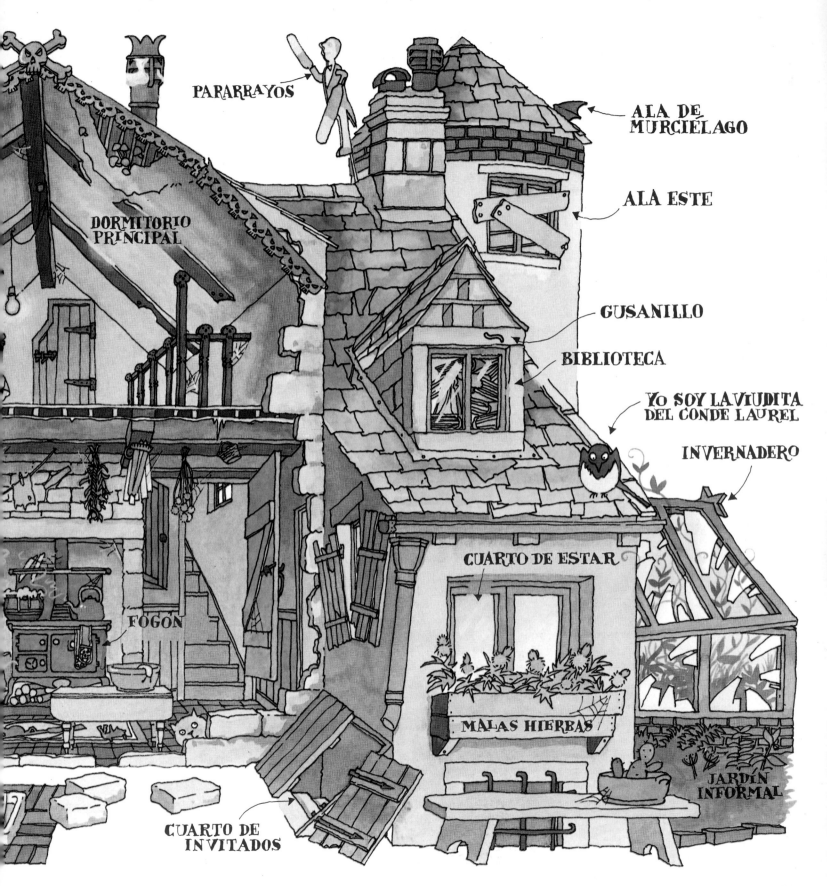

PARARRAYOS

ALA DE MURCIÉLAGO

ALA ESTE

DORMITORIO PRINCIPAL

GUSANILLO

BIBLIOTECA

YO SOY LA VIUDITA DEL CONDE LAUREL

INVERNADERO

CUARTO DE ESTAR

FOGÓN

MALAS HIERBAS

JARDÍN INFORMAL

CUARTO DE INVITADOS

11

ALGUNAS SUGERENCIAS

MASCARILLAS MÁS BARATAS
SON EXCELENTES PARA EL CUTIS.

TRAMPOLÍN PARA ESCOBA
POR SI NECESITAS EMPUJE.

RODILLO DE AMASAR
PARA BRUJAS REPOSTERAS.

SOFÁ-CAMA
PARA VISITAS INDESEABLES.

CÓMO RENOVAR LOS MUEBLES

ANTES

DESTRUIR ADORNOS BONITOS

QUITAR TORNILLOS

CARCOMA

DEJAR CIRCULITOS CON CAZUELAS CALIENTES Y TAZAS

TORCER LAS BISAGRAS

AGUA APESTOSA: PRODUCE UN OLOR PENETRANTE

TOQUE FINAL

DESPUÉS

CAPÍTULO 2
LA COCINA DE LA BRUJA

LA DESPENSA

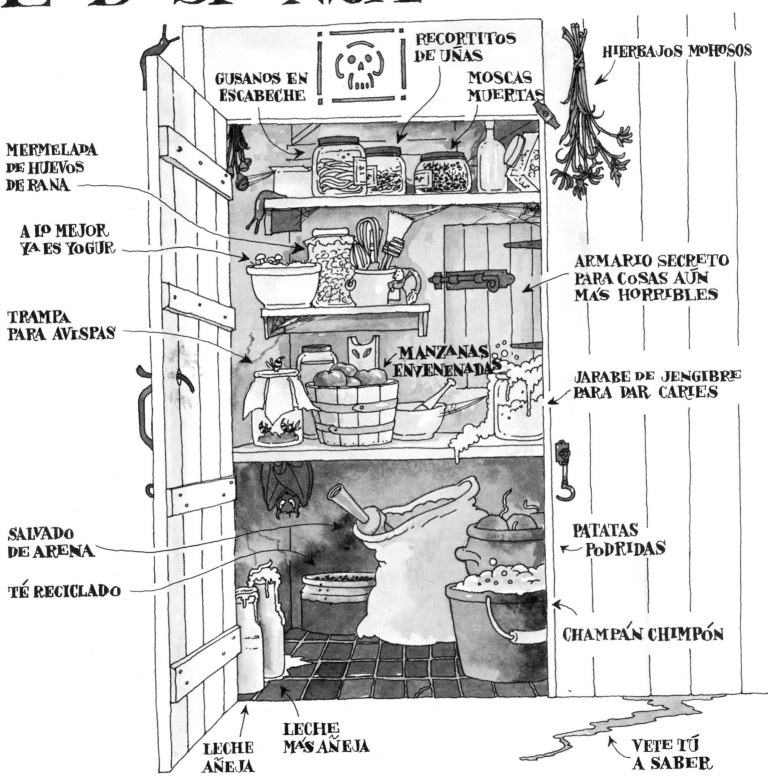

RECORTITOS DE UÑAS

GUSANOS EN ESCABECHE

MOSCAS MUERTAS

HIERBAJOS MOHOSOS

MERMELADA DE HUEVOS DE RANA

A LO MEJOR YA ES YOGUR

TRAMPA PARA AVISPAS

ARMARIO SECRETO PARA COSAS AÚN MÁS HORRIBLES

MANZANAS ENVENENADAS

JARABE DE JENGIBRE PARA DAR CARIES

SALVADO DE ARENA

TÉ RECICLADO

PATATAS PODRIDAS

CHAMPÁN CHIMPÓN

LECHE AÑEJA

LECHE MÁS AÑEJA

VETE TÚ A SABER

UTENSILIOS DE COCINA

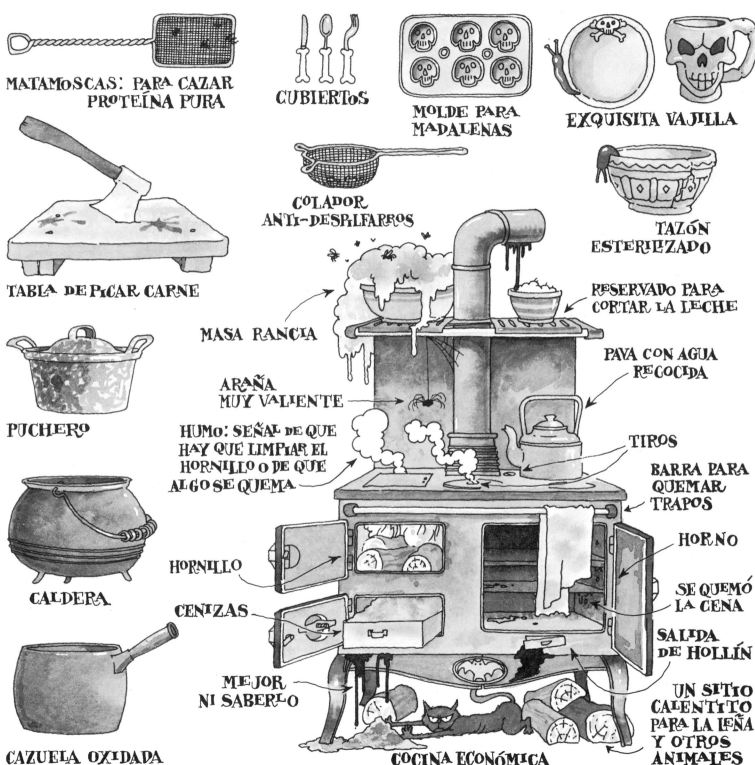

MATAMOSCAS: PARA CAZAR PROTEÍNA PURA

CUBIERTOS

MOLDE PARA MADALENAS

EXQUISITA VAJILLA

TABLA DE PICAR CARNE

COLADOR ANTI-DESPILFARROS

TAZÓN ESTERILIZADO

MASA RANCIA

RESERVADO PARA CORTAR LA LECHE

PUCHERO

ARAÑA MUY VALIENTE

PAVA CON AGUA RECOCIDA

HUMO: SEÑAL DE QUE HAY QUE LIMPIAR EL HORNILLO O DE QUE ALGO SE QUEMA

TIROS

BARRA PARA QUEMAR TRAPOS

CALDERA

HORNILLO

HORNO

CENIZAS

SE QUEMÓ LA CENA

CAZUELA OXIDADA

MEJOR NI SABERLO

COCINA ECONÓMICA

SALIDA DE HOLLÍN

UN SITIO CALENTITO PARA LA LEÑA Y OTROS ANIMALES

INGREDIENTES

ALGUNOS DE LOS INGREDIENTES QUE USAN LAS BRUJAS PARA COCINAR SON DIFÍCILES DE ENCONTRAR HOY EN DÍA, Y SÓLO ALGUNAS BRUJAS DE LAS DE ANTES TIENEN UN ESTÓMAGO CAPAZ DE DIGERIRLOS. POR ESO ES PREFERIBLE QUE NOSOTROS, SIMPLES MORTALES, LOS SUSTITUYAMOS POR OTROS.

EN VEZ DE GUSANOS...

USA ESPAGUETIS CORTADOS A LA MEDIDA.

EN VEZ DE MOSCAS MUERTAS...

USA UVAS PASAS.

EN VEZ DE POLVO...

USA JENGIBRE MOLIDO.

EN VEZ DE ESCARABAJOS SECOS...

USA LENTEJAS.

EN VEZ DE UÑAS...

USA ALMENDRAS.

EN VEZ DE SETAS VENENOSAS...

USA VULGARES CHAMPIÑONES.

GALLETAS RÓTULA

ESTÁN DURAS COMO HUESOS... ESPECIALES PARA CARNÍVOROS GOLOSOS.

EN UN TAZÓN LIMPIO...

...MEZCLA 120 GRAMOS DE MANTEQUILLA Y 360 GRAMOS DE AZÚCAR.

MANTEQUILLA → **AZÚCAR** →

AÑADE UN HUEVO BATIDO QUE NO HUELA DEMASIADO MAL...

DOS CUCHARADITAS DE JENGIBRE EN POLVO...

...Y 250 GRAMOS DE HARINA CON LEVADURA.

HUEVO → **JENGIBRE** → **HARINA** ←

REVUÉLVELO BIEN DURANTE 6 MINUTOS... O HASTA QUE TE HARTES.

HAZ 36 BOLITAS Y PONLAS EN UNA BANDEJA EN EL HORNO A 150° DURANTE MEDIA HORA.

CÓMETELAS A ESCONDIDAS: SON DEMASIADO RICAS PARA REPARTIRLAS.

MADALENAS PIRATA

SON MÁS RICAS CON POLVO DE VERDAD ASPIRADO CON AMOR...

PERO ES MUCHO MÁS FÁCIL SI LO HACES CON JENGIBRE MOLIDO.

HAY QUE MEZCLAR 60 GR. DE MANTEQUILLA CON 120 GR. DE MELAZA Y 60 GR. DE AZÚCAR, TODO A FUEGO LENTO, Y LUEGO DEJAR QUE SE ENFRÍE.

← MANTEQUILLA

MEZCLA 350 GR. DE HARINA, UNA CUCHARADITA DE JENGIBRE Y MEDIA DE BICARBONATO.

MELAZA

SI EL COLADOR NO ESTÁ MUY LIMPIO NO TE PREOCUPES: LE DARÁ MÁS SABOR A LA MASA.

AZÚCAR GLAS

AÑÁDELE LA MEZCLA QUE PREPARASTE PRIMERO Y UN HUEVO BATIDO.

AMÁSALO BIEN.

HUEVO →

DALES FORMA SEGÚN EL MOLDE. SE NECESITAN DOS LADOS PARA CADA MADALENA: UNO PARA LA CARA, Y OTRO PARA LA PARTE DE ATRÁS DE LA CALAVERA.

← JENGIBRE

HORNÉALAS A 220° DURANTE 15 MINUTOS Y DEJA QUE SE ENFRÍEN.

RELLÉNALAS DE LO QUE QUIERAS, COMO SI FUERAN EMPAREDADOS, Y ADÓRNALOS CON AZÚCAR GLASEADO.

LOS HUESOS SON UN ROLLO, ASÍ QUE CÓMETELOS SEGÚN SALEN DEL HORNO.

BICARBONATO →

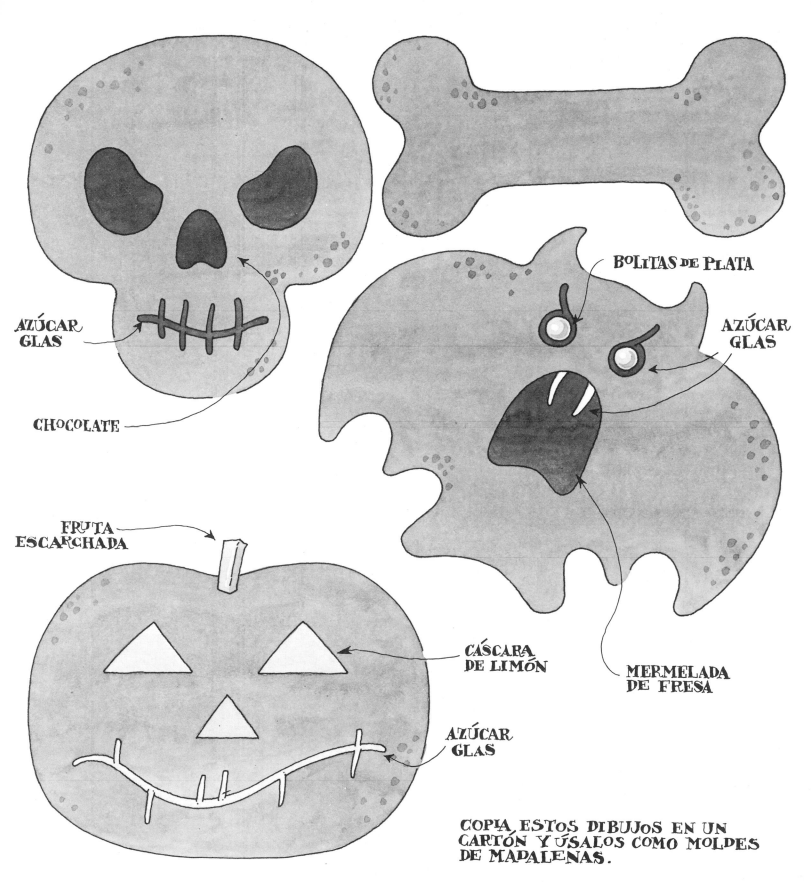

AZÚCAR
GLAS

CHOCOLATE

BOLITAS DE PLATA

AZÚCAR
GLAS

FRUTA
ESCARCHADA

CÁSCARA
DE LIMÓN

MERMELADA
DE FRESA

AZÚCAR
GLAS

COPIA ESTOS DIBUJOS EN UN
CARTÓN Y ÚSALOS COMO MOLDES
DE MADALENAS.

21

APERITIVOS VARIADOS

HUESITOS DE QUESO

MEZCLA 250GR. DE MASA DE HOJALDRE CON 100GR. DE QUESO RALLADO, MOSTAZA, PIMENTÓN...

Y UNA PIZCA DE SAL.

← HOJALDRE

← QUESO DURO

AMÁSALO Y CORTA EN TIRITAS.

DALE FORMA DE HUESO SIGUIENDO LAS INSTRUCCIONES DEL DIBUJO.

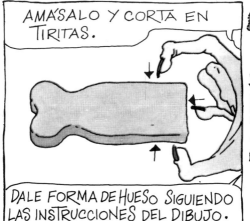

MOSTAZA

PIMENTÓN

MÉTELA EN EL HORNO A 220° DURANTE 30 MINUTOS.

...Y SÍRVELO ASÍ.

TARTELETAS ESTANCADAS

HAZ UN PURÉ CON UN AGUACATE, EL ZUMO DE UN LIMÓN, UNA CUCHARADA DE MAYONESA Y UN POCO DE PIMIENTA.

LIMÓN

← AGUACATE

← HUEVO

RELLENA LAS TARTELETAS...

← MAYONESA

...Y DECÓRALAS CON BERROS.

← BERRO

TOMATE →

CHIMPA EL CHAMPI

CORTA LA BASE DE UN HUEVO DURO. CORTA LUEGO UN TOMATE POR LA MITAD, Y VACÍALO UN POCO.

PEGA EL TOMATE AL HUEVO CON MAYONESA.

ADÓRNALO CON PINTITAS DE MAYONESA.

TARTA CHISTOSA

PON TROCITOS DE BIZCOCHO EN UN CUENCO DE CRISTAL.

BIZCOCHO

HAZ MOSCAS CON UVAS PASAS Y ALMENDRAS...

PASA

ALMENDRA

...Y DÉJALAS PILLADAS ENTRE EL CRISTAL Y EL BIZCOCHO.

AÑADE FRUTA EN ALMÍBAR, Y GELATINA DULCE.

DEJA QUE SE SOLIDIFIQUE.

FRUTA

GELATINA

UVA

ECHA LUEGO CHOCOLATE FUNDIDO...

CHOCOLATE

...Y HAZ UNA TELA DE ARAÑA CON NATA MONTADA.

FORMA UNA ARAÑA CON UNA UVA NEGRA Y TIRITAS DE REGALIZ...

...Y PON UNAS CUANTAS MOSCAS MÁS.

REGALIZ

¡¡SEGURO QUE NADIE REPITE!!

SOPA DE GUSANOS

LAVA 125 GR. DE LENTEJAS.

LENTEJAS

PICA DOS CEBOLLAS Y FRÍELAS CON DOS DIENTES DE AJO.

CEBOLLA

AJO →

AÑADE LAS LENTEJAS, UN LITRO Y MEDIO DE AGUA, ESPECIAS Y PURÉ DE TOMATE

ESPECIAS

PURÉ DE TOMATE

DÉJALO COCER MEDIA HORA.

AÑADE DOS ZANAHORIAS, UN NABO Y UN TROZO DE APIO, —TODO PICADO.

NABO

CUÉCELO 15 MINUTOS.

ESPAGUETI →

ZANAHORIA →

APIO

QUESO

AÑADE ALGUNOS ESPAGUETIS TAMAÑO GUSANO Y DÉJALO COCER DURANTE 10 MINUTOS.

SAZÓNALO Y AÑÁDELE QUESO.

¡¡Y OJO CON LOS PAJARRACOS!!

24

TARTA ENVENENADA

FRÍE UNA CEBOLLA PICADA Y 200 GR. DE SETAS CORTADAS EN RODAJAS.

AÑADE UNA CUCHARADITA DE HARINA Y UN POCO DE LECHE, Y HAZ UNA SALSA ESPESA.

AÑADE LUEGO UN HUEVO BATIDO, Y UN HUEVO DURO PICADO.

SETA ← **CEBOLLA** **HARINA** → **LECHE** **HUEVO** →

SAZÓNALO CON SAL, PIMIENTA E HINOJO.

CUBRE UN MOLDE CON MASA DE HOJALDRE Y ECHA EL RELLENO.

PON OTRA CAPA DE MASA POR ENCIMA Y PÍNTALA CON HUEVO BATIDO.

HINOJO **SAL** → ← **PIMIENTA** **HUEVO** →

HAZ UNA CALAVERA Y PÉGALA EN LA TAPA CON HUEVO BATIDO.

MÉTELA EN EL HORNO A 220° DURANTE 30 MINUTOS.

ES MÁS DIVER SI USAS SETAS VENENOSAS, PERO IGUAL TE MUERES, ASÍ QUE ¡OJO!

CAPÍTULO 3
EL JARDÍN DE LA BRUJA

HIERBAS ÚTILES

CONSUELDA

LA HOJA PUEDE SERVIR PARA QUITAR UNA ASTILLA DEL DEDO, Y UNA CATAPLASMA HECHA CON SUS RAÍCES SIRVE PARA RECOMPONER HUESOS ROTOS Y CALMAR EL DOLOR.

ARTEMISA

PARA PODER RECORRER GRANDES DISTANCIAS SIN CANSARTE COLOCA UNA HOJA EN LOS ZAPATOS O VETE EN TREN.

JABONERA

LAS HOJAS MACHACADAS Y HERVIDAS HACEN LAS VECES DE JABÓN LÍQUIDO.
SIRVE TAMBIÉN PARA CALMAR PICORES.

MIRTO

TRAE SUERTE A QUIEN LO CULTIVA. LA INFUSIÓN DE MIRTO COMBATE EL MAL ALIENTO Y SUBE LA TENSIÓN.

SALVIA

EXCELENTE PARA BRUJAS QUE PIERDEN LA... ¡AH, SÍ! LA MEMORIA. PARA QUE SE TE PONGAN LOS DIENTES VERDES FRÓTATELOS CON UNA HOJA DE SALVIA

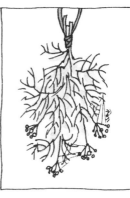

HINOJO

UNA SOPA DE HINOJO DEVUELVE LOS COLORES A LOS ENFERMOS, Y AYUDA A ADELGAZAR A LAS BRUJAS GORDAS.

RUDA

ES UN ANTÍDOTO CONTRA VENENOS MORTALES PERO SÓLO FUNCIONA SI NO TOMAS VENENO. ESPANTA A LOS SAPOS, SOBRE TODO A LOS FEOS.

CIDRONELA

LAS HOJAS REMOJADAS EN VINO SON UN REMEDIO CONTRA LOS MORDISCOS DE PERROS RABIOSOS. EL JARABE DE CIDRONELA CALMA EL DOLOR DE MUELAS.

CONSEJOS DE JARDINERÍA

PARA CONSEGUIR UN TOBOGÁN DE MUSGO Y BARRO, RIEGA LAS ESCALERAS CON LECHE.

PARA AMAESTRAR BABOSAS, CULTIVA RASCAMOÑOS, ADORMIDERAS Y EUFOBRIOS.

CULTIVA ROSAS PARA ATRAER PULGONES, COLES PARA MOSQUITOS Y DALIAS PARA TIJERETAS.

PARA MATAR LAS FRESAS DEL VECINO PLANTA GLADIOLOS EN LOS ALREDEDORES.

DEJA QUE LA FRUTA SE PUDRA EN EL ÁRBOL Y SIEMPRE TENDRÁS MUCHAS AVISPAS EN EL JARDÍN.

A LOS INSECTOS LES ENCANTA EL AMARILLO. PÓNTELO Y VERÁS.

EL JARDÍN IDEAL

LAS BRUJAS NO NECESITAN ESPERAR A QUE CREZCAN LAS PLANTAS, QUE ES LA MAR DE ABURRIDO. ¡ABRACADABRA! CON ESTA FÓRMULA MÁGICA YA PUEDES DISFRUTAR DE UN JARDÍN MARAVILLOSO...

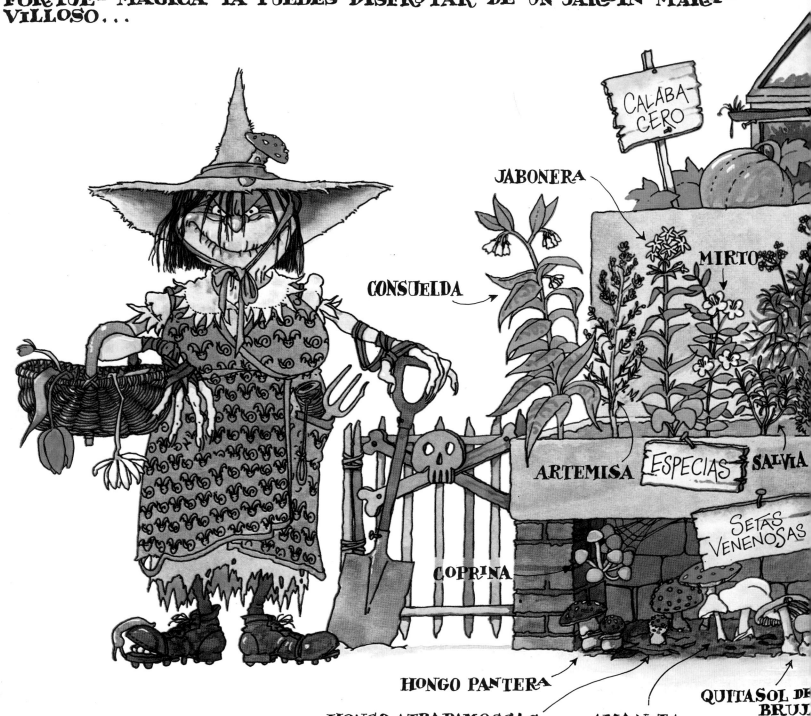

CALABACERO

JABONERA

CONSUELDA

MIRTO

ARTEMISA · ESPECIAS · SALVIA

SETAS VENENOSAS

COPRINA

HONGO PANTERA

HONGO ATRAPAMOSCAS · AMANITA · QUITASOL DE BRUJA

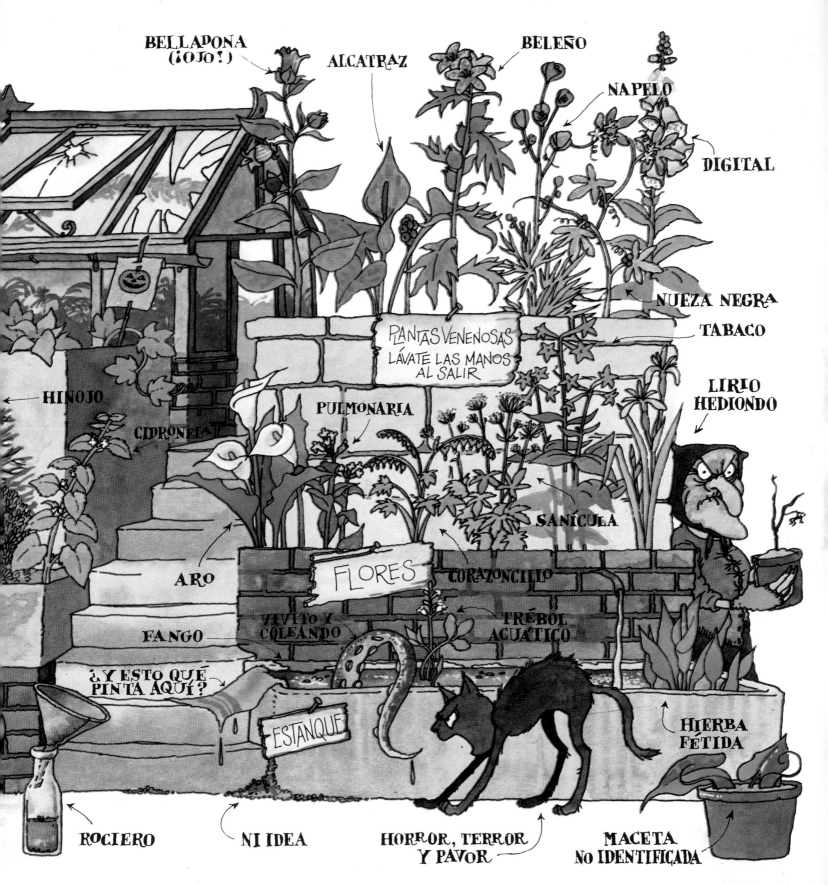

PLANTAS POCO ADECUADAS

LAS PLANTAS DE TODOS LOS COLORES QUE HUELEN BIEN Y QUE ATRAEN A LAS MARIPOSAS NO SON LAS MÁS ADECUADAS PARA EL JARDÍN DE UNA BRUJA: EVÍTALAS A TODA COSTA.

GIRASOL

MALVA REAL

LILAS

ROSAS

JACINTOS

PELARGONIO

NARCISOS ATROMPETADOS

LIRIOS DE LOS VALLES

PLAGAS DEL JARDÍN

PLAGA

REMEDIO

GATO DEL VECINO

GNOMOS

HADAS

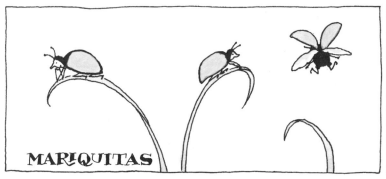

MARIQUITAS

MARIQUITA, MARIQUITA, SE TE QUEMA LA CASITA, Y LOS HIJOS SE TE VAN, A LA CAPITAL.

33

ANIMALES DOMÉSTICOS

A las brujas les gusta vivir solitas en su casa, pero en caso de requerir compañía, prefieren la compañía de un animal a la de otra bruja.

Los animales domésticos son como de la familia, aunque a juzgar por cómo se comportan, parecen bastante antipáticos, sobre todo con sus dueños.

Como las brujas son tacañísimas con la comida de sus animales, éstos tienen que ir a comer a casa de los vecinos y la gente suele creer que son las brujas en persona, transformadas en animales, que vienen a cotillear. Pero fueron las brujas quienes lanzaron este bulo para que la gente las temiera al pensar en todos sus poderes. Quedan muy poquitas brujas que aún son capaces de transformarse en animales de verdad.

Los gatos son los animales domésticos más populares entre las brujas, pero sólo porque en general los gatos saben cuidarse solitos y no dan la lata. Todos estos animales son genuinos compañeros de auténticas brujas.

GATO
TODAS LAS BRUJAS DEBERÍAN TENER UN GATO, PERO SON MUY EXIGENTES Y PUNTUALES A LA HORA DE COMER.

CABRA
UN POCO TONTA, PERO ES INSUSTITUIBLE PARA ECHAR A PERDER EL JARDÍN DEL VECINO.

BABOSA
UN ANIMALITO QUE NO DA MUCHO LA LATA. PERO ESO SÍ, ¡MANTENLO LEJOS DE TUS PLANTAS PREFERIDAS!

URRACA
IDEAL SI TE GUSTAN LAS JOYAS ROBADAS. Y QUIEN ROBA A UN LADRÓN...

ARAÑA
SE SABEN CUIDAR SOLAS Y LES ENCANTA ENTRETENERTE CON SUS LABORES.

RANA
NUNCA BESES A UNA RANA, QUE IGUAL ES UN PRÍNCIPE ENCANTADO.

MURCIÉLAGO
NO TE LO RECOMIENDO... A NO SER QUE PADEZCAS DE INSOMNIO.

CAPÍTULO 4
LA BUENA
VENTURA Y LOS
SIGNOS DEL ZODIACO

EL ZODIACO DE LA BRUJA

CAPRICORNIO
23 DE DICIEMBRE AL 20 DE ENERO
NO SE FÍA DE NADIE.
ESTÁ SIEMPRE
MOSQUEADA.

ACUARIO
21 DE ENERO AL 19 DE FEBRERO
LENTA, ABURRIDA Y
MENTIROSA. ODIA LAS
RESPONSABILIDADES.

PISCIS
20 DE FEBRERO AL 20 DE MARZO
LE ENCANTA HACER COLA,
YA QUE ES
MUY PACIENTE.

CANCER
22 DE JUNIO AL 22 DE JULIO
AVARICIOSA Y EGOISTA.
NO LE GUSTA QUE SE
METAN CON ELLA.

LEO
23 DE JULIO AL 22 DE AGOSTO
SE CREE LA REINA,
PERO NO ES ORO
TODO LO QUE RELUCE.

VIRGO
23 DE AGOSTO AL 22 DE SEPTIEMBRE
CRUEL Y DESPIADADA.
PRESUMIDA
E INTRANSIGENTE.

ARIES
21 DE MARZO AL 20 DE ABRIL
ESTÁ COMO UNA CABRA, Y SIEMPRE QUIERE TENER RAZÓN.

TAURO
21 DE ABRIL AL 22 DE MAYO
NO AGUANTA QUE HAYA GENTE FEA A SU ALREDEDOR.

GÉMINIS
23 DE MAYO AL 21 DE JUNIO
INQUIETA, INDEPENDIENTE, DOBLE PERSONALIDAD.

LIBRA
23 SEPTIEMBRE A 22 OCTUBRE
NI SÍ NI NO, NI BLANCO NI NEGRO, SINO TODO LO CONTRARIO.

ESCORPIÓN
23 OCTUBRE A 21 NOVIEMBRE
AMBICIOSA, TRATA A LA GENTE COMO SI FUERAN SUS PRESAS.

SAGITARIO
22 NOVIEMBRE A 22 DICIEMBRE
IMPULSIVA. DONDE PONE EL OJO...

CUMPLEAÑOS DE LA BRUJA

LA BRUJA DEL LUNES ES DE CARA ESPANTOSA,
TAMPOCO LA DEL MARTES RESULTA MUY DONOSA;
LA DEL MIÉRCOLES TIENE SEIS PALMOS DE NARIZ,
PIES COMO LA DEL JUEVES NO TE HARÍAN FELIZ.
LA DEL VIERNES HORNEA VENENOSOS PASTELES,
TE MIRA LA DEL SÁBADO Y SUFRES DOS TELELES,
PERO HAS DE RECORDAR SOBRE TODAS LAS COSAS,
QUE BRUJA DE DOMINGO NO HUELE MUCHO A ROSAS.

EL PORVENIR EN UNA TAZA DE TÉ

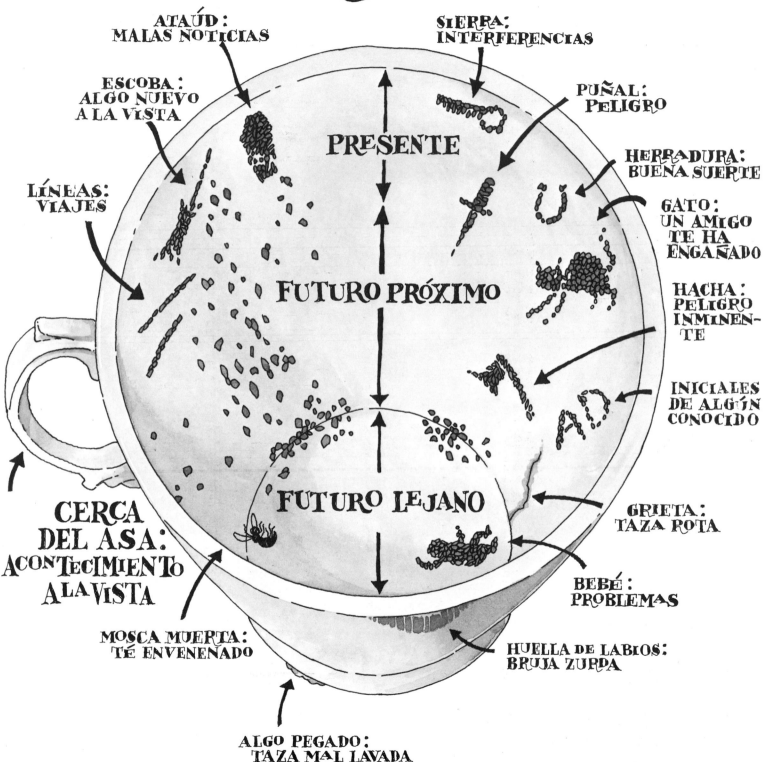

ATAÚD: MALAS NOTICIAS

SIERRA: INTERFERENCIAS

ESCOBA: ALGO NUEVO A LA VISTA

PUÑAL: PELIGRO

LÍNEAS: VIAJES

HERRADURA: BUENA SUERTE

PRESENTE

GATO: UN AMIGO TE HA ENGAÑADO

FUTURO PRÓXIMO

HACHA: PELIGRO INMINENTE

INICIALES DE ALGÚN CONOCIDO

FUTURO LEJANO

CERCA DEL ASA: ACONTECIMIENTO A LA VISTA

GRIETA: TAZA ROTA

BEBÉ: PROBLEMAS

MOSCA MUERTA: TÉ ENVENENADO

HUELLA DE LABIOS: BRUJA ZURDA

ALGO PEGADO: TAZA MAL LAVADA

41

CAPÍTULO 5
HECHIZOS Y MALEFICIOS

EQUIPO

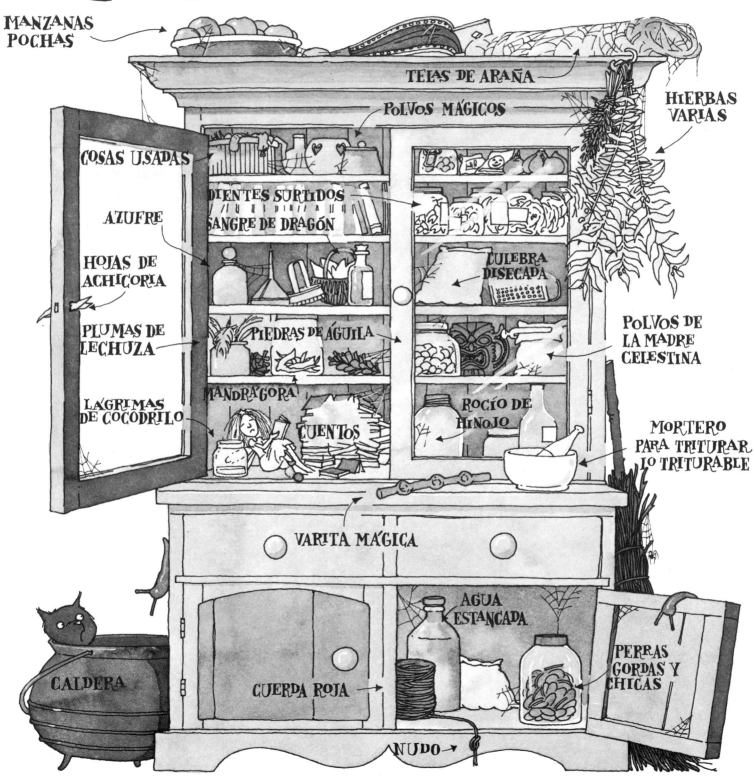

MANZANAS POCHAS

TELAS DE ARAÑA

POLVOS MÁGICOS

HIERBAS VARIAS

COSAS USADAS

DIENTES SURTIDOS

SANGRE DE DRAGÓN

AZUFRE

HOJAS DE ACHICORIA

CULEBRA DISECADA

PLUMAS DE LECHUZA

PIEDRAS DE ÁGUILA

POLVOS DE LA MADRE CELESTINA

LÁGRIMAS DE COCODRILO

MANDRÁGORA

CUENTOS

ROCÍO DE HINOJO

MORTERO PARA TRITURAR LO TRITURABLE

VARITA MÁGICA

AGUA ESTANCADA

CALDERA

CUERDA ROJA

PERRAS GORDAS Y CHICAS

NUDO

LA TABLA MÁGICA

ECHAR HECHIZOS ES UNA TAREA COMPLICADA, Y ALGUNAS BRUJAS PUEDEN NECESITAR AYUDA. PARA CONSULTAR LA TABLA, ELIGE UNA DE LAS OCHO PRIMERAS LETRAS DE LA TABLA. APUNTA ESA Y TODAS LAS POSTERIORES, DE OCHO EN OCHO, HASTA ACABAR LA TABLA. YA TIENES EL MENSAJE. ES FÁCIL ¿NO?

B	N	M	E	T	B	E	P	U	O	I	S	I	U	S	R
S	H	R	T	E	S	T	I	C	A	A	E	N	C	E	M
A	G	H	H	E	A	H	E	L	A	A	E	S	L	E	R
A	S	C	C	Q	A	C	O	R	M	I	H	U	F	H	Q
E	A	A	I	E	L	I	U	S	S	E	Z	E	O	Z	I
P	H	L	O	S	R	O	T	U	E	N	N	P	Q	Y	A
E	C	O	O	E	U	A	L	S	H	R	V	R	E	N	A
T	I	T	A	A	V	O	S	A	Z	E	A	R	A	F	C
E	O	P	G	A	S	U	O	N	S	A	U	V	A	N	S
U	H	R	S	E	U	C	A	N	A	A	T	R	S	I	S
O	S	Q	A	C	A	O	D	D	T	U	R	I	R	N	E
E	A	E	N	N	E	A	L	T	L	F	A	C	N	C	A
U	U	U	D	O	P	A	P	S	N	N	A	C	A	M	A
L	A	C	A	U	G	B	G	I	L	I	N	E	I	I	I
B	L	O	A	R	N	A	N	R	E	N	D	V	A	R	A
O	N	E	I	O	3	L	4	S	A	N	E	S	1	O	7

45

AMULETOS DE LA BUENA SUERTE

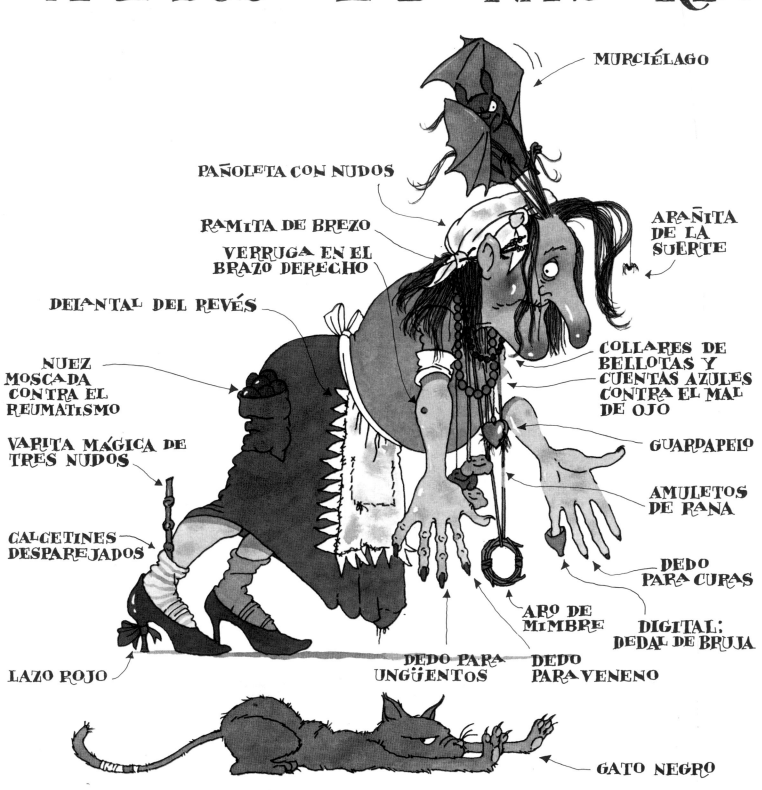

MURCIÉLAGO

PAÑOLETA CON NUDOS

ARAÑITA DE LA SUERTE

RAMITA DE BREZO

VERRUGA EN EL BRAZO DERECHO

DELANTAL DEL REVÉS

COLLARES DE BELLOTAS Y CUENTAS AZULES CONTRA EL MAL DE OJO

NUEZ MOSCADA CONTRA EL REUMATISMO

GUARDAPELO

VARITA MÁGICA DE TRES NUDOS

AMULETOS DE PANA

CALCETINES DESPAREJADOS

DEDO PARA CURAS

DIGITAL; DEDAL DE BRUJA

ARO DE MIMBRE

LAZO ROJO

DEDO PARA UNGÜENTOS

DEDO PARA VENENO

GATO NEGRO

BRUJAS ¡OJO!

AUNQUE PAREZCA EXTRAÑO, A ALGUNAS PERSONAS NO LES GUSTAN LAS BRUJAS Y SE EMPEÑAN EN ALEJARLAS DE SUS CASAS POR TODOS LOS MEDIOS IMAGINABLES. ENTÉRATE BIEN DE *CUÁLES* SON ÉSTOS.

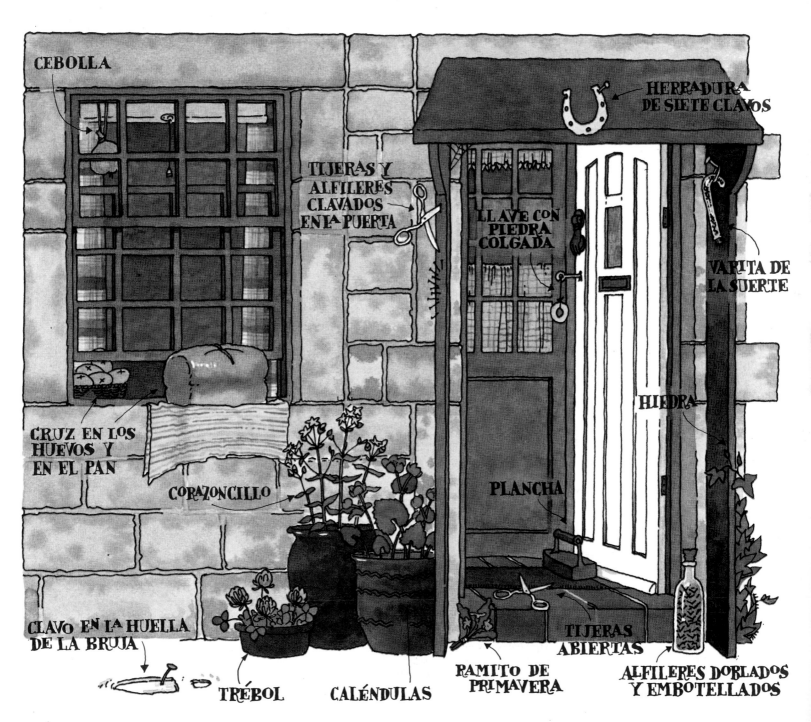

CEBOLLA

HERRADURA DE SIETE CLAVOS

TIJERAS Y ALFILERES CLAVADOS EN LA PUERTA

LLAVE CON PIEDRA COLGADA

VARITA DE LA SUERTE

CRUZ EN LOS HUEVOS Y EN EL PAN

CORAZONCILLO

HIEDRA

PLANCHA

CLAVO EN LA HUELLA DE LA BRUJA

TRÉBOL

CALÉNDULAS

RAMITO DE PRIMAVERA

TIJERAS ABIERTAS

ALFILERES DOBLADOS Y EMBOTELLADOS

HECHIZOS

Durante siglos los hechizos de las brujas han ido transmitiéndose de boca en boca. En general, los hechizos son versos que se cantan mientras se revuelven diferentes ingredientes en una caldera, y el perfume (o el tufo) que se produce hace funcionar la magia. Muchos de los versos explican el hechizo, pero otros han ido cambiando con los años y hoy no son más que una sarta de palabras sin sentido.

Si en los dibujos no podéis reconocer a las brujas es porque prefieren quedarse de incógnito, no sólo porque sus versos no son muy buenos y les da vergüenza publicarlos, sino también porque, si el hechizo no funciona, la identidad de la bruja queda en secreto, y no le podéis echar la culpa a nadie. Hemos simplificado los hechizos ya que algunos de los ingredientes que suelen usarse en ellos no son muy agradables que digamos. Por otra parte, se trata de ingredientes que, o son muy difíciles de encontrar, o muy caros, o se estropean fácilmente una vez adquiridos (y en general, las tres razones van juntas). Hemos omitido o sustituido dichos ingredientes, pero, aun faltando éstos, el elemento esencialmente mágico se mantiene.

PARA HACER LLOVER

QUE LLUEVA, QUE LLUEVA LA BRUJA DE LA CUEVA. LOS MURCIÉLAGOS CANTAN, LAS NUBES SE LEVANTAN. ..... !!

MEZCLA UNA TAZA DE LÁGRIMAS DE COCODRILO CON UN BOTÓN DE IMPERMEABLE Y REVUELVE BIEN, CON EL MANGO DE UN PARAGUAS. VIÉRTELO EN UNAS KATIUSKAS, PÓNTELAS, Y CANTA EL VERSITO.

PARA CURAR GANADO LOCO

PONIENDO CON ESMERO UN NÍSCALO EN REMOJO EL VACUNO MÁS LELO QUEDA MENOS BISOJO.

COGE UN NÍSCALO, ÁTALO AL PELO DE UNA BRUJA, Y MÉTELO EN UN RIACHUELO. POR MUY LOCO QUE ESTÉ EL GANADO, AL LADO DE TU COMPORTAMIENTO PARECERÁ CASI NORMAL.

PARA RECUPERAR LA MEMORIA

EN UNA CALDERA CUECE SEIS HOJAS DE ADORMIDERA Y TENDRÁS UNA MEMORIA DE PRIMERA.

CUECE SEIS HOJAS DE ADORMIDERA Y DEJA QUE SE ENFRÍE. METE LA CABEZA EN LA CALDERA Y YA VERÁS CÓMO TE ACUERDAS DE PORQUÉ LO HICISTE.

PARA MEJORAR LA VISTA

SI ERES UN TANTO CEGATO Y ELLO TE CAUSA SONROJO, ACUÉRDATE DEL ROCÍO DE LAS HOJAS DEL HINOJO.

LLENA UNA TAZA DE ROCÍO CON HOJAS DE HINOJO Y PON EN ELLA A REMOJO UNA TELA DE ARAÑA NUEVECITA: ÚSALA PARA LIMPIARTE LAS GAFAS.

PARA HACERSE INVISIBLE

CON TRES HOJAS DE ACHICORIA NO TE VERÁN EN UN RATO; PARA FORZAR CERRADURAS NECESITAS VEINTICUATRO:

MEZCLA HOJAS DE ACHICORIA CON BARRO Y AGUA SUCIA. EMPAPA CON LA MEZCLA UN ABRIGO VERDE MANZANA HASTA QUE EMPIECE A OLER Y LUEGO PÓNTELO: SEGURO QUE NADIE PUEDE VERTE.

PARA ATRAER AL VIENTO

HACIENDO Y DESHACIENDO LOS NUDOS DEL CORDÓN, CONVOCO EN UN MOMENTO AULLANTE VENTARRÓN.

HAZ VARIOS NUDOS EN UNA CUERDA ROJA TAN LARGA COMO TU SOMBRA. SI SE VAN DESHACIENDO LOS NUDOS, ES SEÑAL DE QUE EL VIENTO SOPLA CADA VEZ MÁS FUERTE.

PARA ATRAER VISITAS

CLAVA EN UNA MANZANA DOCE ALFILERES Y LLAMA A GRITO PELADO A QUIEN TÚ QUIERES.

PINCHA DOCE ALFILERES EN UNA MANZANA Y LLAMA A GRITOS A LA PERSONA QUE QUIERAS QUE VENGA. EN UN MOMENTO SE TE PLANTARÁ EN CASA.

CAPÍTULO 6
COMADREOS

CUENTOS CHINOS

HE AQUÍ ALGUNAS RECETAS QUE TODAS LAS BRUJAS DEBIERAN SABER. PERO NO TE LAS CREAS DEMASIADO.

Si una mujer se quiere casar dentro del año en curso, tendrá que recoger corazoncillo en la mañanita del 20 de enero, víspera de Santa Inés, mientras la planta esté aún cubierta de rocío.

Dicen que la salud de una persona se refleja en el estado de su ropa, como su figura en la forma de la misma.

Si plantas boca abajo las primaveras (también llamadas prímulas y velloritas), darán flores rojas en vez de amarillas.

Una liga de piel de anguila evita los calambres y un cóctel de anguila vivita es lo mejor contra la borrachera.

Para no sangrar por la nariz, tapónate los agujeros con hojas de ortiga. Es un remedio eficacísimo.

El anticallicida ideal: una cataplasma hecha con hojas de hiedra y vinagre.

Un grillo blanco en la chimenea es señal de enfermedad.

Sólo hay una manera de recoger mandrágora sin peligro: ablanda la tierra que la rodea con un pico de marfil o hierro, y ata un perro a la planta. Llama al gato para que el perro salga corriendo, arrancando así la mandrágora. Pero ojo: el que oye el grito de la mandrágora se muere, así que tápate bien las orejas antes de empezar la operación.

Trae mala suerte sentarse bajo un espino el 1 de mayo, la noche de San Juan, o el día de los difuntos, ya que se te pueden llevar las hadas. Sin embargo, pon una ramita de espino en casa para protegerte de los rayos.

Para que desaparezca el arco iris, haz una cruz con dos palos, y con una piedra en cada punta.

Pon un plato de harina bajo una mata de romero en la noche de San Juan, y a la mañana siguiente hallarás en él las iniciales de tu futuro esposo.

El té de romero es muy bueno para no perder la memoria.

Una patada bien dada y en el lugar oportuno soluciona muchos problemas.

Si ves cerdos mordisqueando trocitos de paja, quiere decir que va a hacer viento.

Las abejas huyen de las peleas y de las palabrotas; arma una gresca cerca de un panal y tendrás campo libre para coger la miel.

Para eliminar las verrugas, frótalas con una vaina que tenga nueve guisantes. Existe también otro remedio: frota cada verruga con un guisante la primera noche de luna nueva, después envuelve los guisantes en un trapo y tíralos. Quien recoja el trapo se quedará con las verrugas.

Cuando se te caiga un diente, échale sal y quémalo, ya que si lo tiras y da la casualidad de que lo encuentra otra bruja, puede usarlo para echarte un maleficio.

Si buscas marido, métete un trébol de cuatro hojas en el zapato, y te casarás con el primer hombre a quien des un pisotón.

Unas hojas de telefio (también llamado hierba callera o matacallos) alejan las moscas y las enfermedades.

Saltar por encima de un bebé hace que se quede enano para el resto de su vida.

Un gato de la viña es un gato que ha nacido durante la vendimia, y tendrá siempre muy mala uva.

Para evitar los calambres ponte una liga de corchos.

Si quieres oír reír a las hadas, corre alrededor suyo en sentido contrario a las agujas del reloj. Pero si corres en el otro sentido, te harán prisionera.

Los pendientes regalados, sobre todo si te los regala un miembro del otro sexo y no le das ni las gracias, son muy buenos para la vista. Póntelos y verás. Recuerda esto: a pendiente regalado no le hurtes la oreja.

El número de graznidos del primer cuervo que veas al salir de casa por la mañana es muy importante: un número par significa que va a hacer buen tiempo, y uno impar, que será malo. Si ves dos cuervos cotorreando, es señal de que traerán mala suerte, un cuervo volando sobre una casa predice un nacimiento, dos una boda, y tres traen buena suerte.

Para curar una herida, no hay cosa mejor que untar con grasa la que la ha causado.

Dar la vuelta al colchón los lunes, viernes o domingos trae mala suerte (sobre todo si el dueño aún no se ha levantado).

Si te pica un callo, es señal de que va a llover.

Si te pones la chaqueta del revés, déjatela, pero si te la abrochas mal, desabróchate y vuelve a empezar para evitar que te echen mal de ojo.

Planta un laurel cerca de tu casa para protegerla de los bichos y de los rayos. Una hojita de laurel bajo la almohada... y soñarás con los angelitos.

Tira una hoja de laurel al fuego: si hace ruido, buena suerte; si sólo hace humo, mala suerte.

Encender tres velas en la misma habitación es funesto, porque ello ocasionará peleas. Una chispa en la mecha de una vela encendida señala la llegada de una carta para la persona que la vio primero. Esta deberá golpear la vela hasta que se apague la chispa, y el número de golpes necesarios señala el número de días que tardará en llegar la carta.

Una corona hecha con hojas de fresno es una excelente protección contra las culebras.

Planta siempreviva en el tejado de tu casa, y así quedará protegida del fuego.

Si a alguien le parte un rayo, entiérralo hasta el cuello para que recobre la salud. Si le ha partido mucho, entiérralo del todo.

CAPÍTULO 7
SECRETOS DE BELLEZA

TÚ TAMBIÉN PUEDES

SER UNA BRUJA

SECRETOS DE BELLEZA

EL AGUA DE COCER HUEVOS ES EXCELENTE PARA QUE TE SALGAN VERRUGAS. SÓLO TIENES QUE METER LAS MANOS Y LA CARA EN EL PUCHERO DURANTE VARIOS DÍAS.

EN CASO DE NECESIDAD, SE PUEDEN USAR ARAÑAS EN VEZ DE PESTAÑAS POSTIZAS PERO TEN SIEMPRE ALGUNA DE RECAMBIO POR SI A TUS "PESTAÑAS" LES DA POR IRSE DE PASEO.

SI NO TE GUSTAS, HAZ UNA MASCARILLA CON MIEL, AJO Y CEBOLLAS, Y DÉJATELA PUESTA. TE SORPRENDERÁ TU NUEVA IMAGEN.

PARA AHORRAR, QUÉDATE VARIAS NOCHES SIN DORMIR: SOMBRA DE OJOS GRATIS.

SE PUEDEN USAR ARÁNDANOS EN VEZ DE PINTALABIOS, PERO CON TIENTO, PORQUE LUEGO YA NO HAY QUIEN TE DESPINTE LOS MORRETES.

SI TIENES UN PELO PRECIOSO, QUE TE HAGAN LA PERMANENTE Y UN BUEN DECOLORADO. ¡YA VERÁS QUÉ EFECTO!

SI NO QUIERES HACERTE LA CIRUGÍA PLÁSTICA PARA PLANCHARTE LAS ARRUGAS, PONTE EL MOÑO BIEN TIRANTE: TE QUITARÁS UN MONTÓN DE AÑOS.

SI TU CUTIS ES DEMASIADO PERFECTO, PONTE A DIETA RIGUROSA A BASE DE CHOCOLATE PARA QUE TE SALGAN GRANOS Y ESPINILLAS.

CAPÍTULO 8
A LA ÚLTIMA MODA

ROPA RECICLADA

EL TURBANTE ES
UNA BUFANDA VIEJA

CAMISA DE
SEGUNDA MANO:
UN TOQUE
DE DISTINCIÓN.

CORBATAS
MULTI-USO

LA FALDA: UNA
BOLSA DE BASURA

EL SOMBRERO:
UN CONO DE TRÁFICO
PINTADO DE NEGRO

OTRA FALDA:
UN MANTEL
BIEN SUCIO
FRUNCIDO CON
UNA CUERDA

ESPARADRAPO:
EL ÚLTIMO
DETALLE

CALCETINES
DESPAREJADOS:
LES CORTAS LOS
PIES Y SE CON-
VIERTEN EN CA-
LIENTAPIERNAS

REMIENDO
CHAPUZA

LA CAPA:
UNA MANTA
VIEJA

CONSEJOS PRÁCTICOS

PUEDES REMOZAR UNA BLUSA VIEJA CON ENCAJE DE GUSANOS; PÉGALOS PARA QUE SE ESTÉN QUIETOS.

PARA QUE TODA TU ROPA COORDINE, TÍÑELA DE NEGRO.

PONTE ZAPATOS DESPAREJADOS MIENTRAS TE COGEN LA BASTA DE LA FALDA.

PARA QUE TU VESTIDO TENGA UN ESTAMPADO ÚNICO, ÚSALO DE MANTEL UN PAR DE VECES.

SI QUIERES UN VESTIDO DE ENCAJE GRATIS ENSEÑA A TUS ARAÑAS A HACER BOLILLOS.

PARA QUE TU VESTIDO DE FIESTA ESTÉ BIEN SUCIO, PONTE A FREGAR JUSTO ANTES DE SALIR.

MODELITOS DE PUNTO

Las brujas son muy tacañas, y la idea de hacer algo bonito y barato les encanta. Aunque no estén especialmente dotadas para hacer punto, la mayoría son capaces de seguir un patrón, así que aquí os damos cuatro que os vendrán muy bien. Los podéis repetir variando los colores, y siempre tendréis un accesorio a punto para completar vuestro vestuario.

Las cantidades de lana que aquí proponemos son sólo aproximadas, pues los ovillos varían considerablemente según los fabricantes, aunque la bruja supertacaña puede recurrir a deshacer algún jersey viejo y lavar la lana.

En cualquier caso, y para evitar sorpresas al final o rabietas porque no te salga bien, no te olvides de sacar una muestra si quieres que las medidas sean correctas.

ABREVIATURAS

Derecho = punto de derecho; revés = punto del revés; P = punto; V = vuelta; PL = punto liso (una vuelta del derecho y otra del revés); PB = punto bobo (todas las vueltas del derecho); emp = empezando; cont = continúa; pri = principio; res = restante; jun = juntos; aum = aumenta un P; men = mengua un P; P1 = pasa un P sin calcetar; MPNC = monta el P no calcetado; alt = alterno.

GORRITO CON POMPÓN

LANA: Madejas de 50 grs., dos negras y una crema.
AGUJAS: De 4 mm. (número 8).
TENSION: Con 22 puntos y 28 vueltas, te tiene que salir un cuadrado de 10 cm.

GORRO:
Echa 114 P con lana negra y cont. en PL emp. con una V del derecho. Haz 12 V.

Huesos: Primera V: Repite el dibujo adjunto seis veces de derecha

a izquierda siguiendo la primera línea del dibujo. Con lana crema en la segunda V copia la segunda línea y así sucesivamente hasta hacer la 17 V.

Cont en PL con la lana negra y emp con una V del revés. Haz 4 V.
V siguiente del derecho.
Cont. en PL hasta tener 58 V Luego emp a menguar:
Primera V (P1, 1 derecho, MPNC, 15 derecho, 2 derecho jun.) y repetir así hasta final.

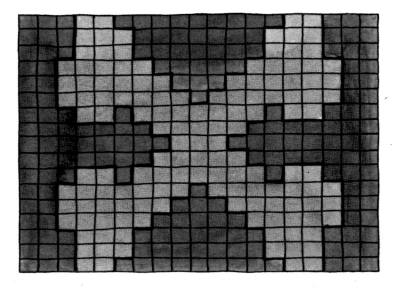

Segunda V y todas las V alt.: revés.
Tercera V: (P1, 1 derecho, MPNC, 13 derecho, dos derechos jun.) y repetir hasta el final.

Cont. de este modo, disminuyendo de dos en dos el n.º de P del derecho hasta llegar a esta V:

(P1, un derecho, MPNC, un derecho, 2 derecho jun.) y así hasta el final.

V siguiente: todo del revés.

V siguiente: (P1, 2 derecho jun., MPNC, hasta el final).

Rompe la lana y pásala por el medio de los puntos, cerrándolos.

CONFECCION:

Cose la costura, luego cose el dobladillo, haz un pompón y pompónselo.

POMPÓN

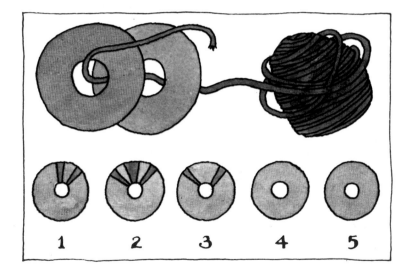

PARA HACER LOS POMPONES: corta dos círculos de cartulina de 10 cm. de diámetro con un agujero de 2,5 cm. en el centro (fíjate en las figuras 4 y 5). Con las cartulinas juntas, cúbrelas de lana crema y negra cinco veces, según se indica en el diagrama (figuras 1, 2 y 3). Corta con las tijeras el borde de la lana y átales un cabo de lana entre las dos cartulinas haciendo un nudo.

Luego retira la cartulina y recorta el pompón, dándole forma de calavera.

Haz tres pompones y cósele uno al gorro y reserva los otros dos para la bufanda.

BUFANDA CON POMPONES

LANA: madejas de 50 grs. 4 negras y una crema.

AGUJAS: de 4 mm. (n.º 8). Un imperdible grande para guardar los puntos.

TENSION: Con 22 puntos y 28 vueltas te tiene que salir un cuadrado de 10 cm.

BUFANDA:

*Echa 3 P con lana negra y cont. en PL emp. con una V del derecho.

Haz dos V.

Haz un P al principio de la V siguiente y sigue así hasta que tengas 33 P. *

Rompe el hilo y deja los P en espera.

Repite todo el trabajo desde * hasta *.

Cont. en PL emp. por una V del derecho y calcetando los P que tenías en reserva (en total 66 P).

Haz 4 V.

Haz los huesos de la siguiente manera: Primera V (7 P del derecho en negro, repite el dibujo adjunto de derecha a izquierda según la primera línea del diagrama con lana crema, 7 P del derecho). Repítelo.

Segunda V: (7 P del revés en negro, repite el dibujo adjunto de izquierda a derecha del revés siguiendo la segunda línea del diagrama, 7 del revés). Repítelo. Cont. de esta manera hasta haber completado las 17 líneas del diagrama. Cont. en PL con lana negra y emp. con una V del revés. Haz 319 V, terminando con una V del revés.

Haz los huesos como antes.

Cont. en PL con lana negra y emp. con una V del revés. Haz 5 V.

V siguiente: Calceta dos P jun., haz 31 P del derecho, deja los otros 33 P a la espera de un imperdible grande.

Men. un P al principio de la V siguiente y cont. men. un P en cada V hasta que te queden 3 P.

Cierra.

Ahora coge los 33 P restantes y men. uno al principio de la V siguiente y cont. men. un P en cada V hasta que te queden 3 P.

Cierra.

CONFECCION:

Cose la costura y las puntas. Haz 2 pompones calavera y cósele uno a cada extremo.

SOMBRERO DE DIARIO

LANA: para el sombrero: 5 ovillos de 50 grs. de lana negra gordita.

Para la cinta: un ovillo de 50 grs. rojo y otro crema de lana sport.

AGUJAS: de 4 mm. (n.º 8) y de 6 mm. (n.º 4).

ADEMAS: 120 cm. de alambre forrado de negro de los que usan los sombrereros.

TENSION: si echas 15 P y haces 20 V en punto elástico con las agujas del n.º 4 y la lana gordita te tiene que salir un cuadrado de 10 cm.

SOMBRERO:

Con las agujas del n.º 4 y lana gorda echar 77 P y cont. en punto elástico (uno del derecho, otro del revés). Haz 16 V.

V siguiente: (2 derecho jun., 9 derecho) y cont. así hasta el final. Haz 7 V.

V siguiente: (2 derecho jun., 8 derecho) y cont. así hasta el final. Haz 7 V.

V siguiente: (2 derecho jun., 7 derecho) y cont. así hasta el final. Haz 7 V.

V siguiente: (2 derecho jun., 6 derecho) y cont. así hasta el final. Hacer 7 V.

V siguiente: (2 derecho jun., 5 derecho) y cont. así hasta el final. Hacer 7 V.

V siguiente: (2 derecho jun., 4 derecho) y cont. así hasta el final. Hacer 7 V.

V siguiente: (2 derecho jun., 3 derecho) y cont. así hasta el final. Hacer 7 V.

V siguiente: (2 derecho jun., 2 derecho) y cont. así hasta el final. Hacer 7 V.

V siguiente: (2 derecho jun., 1 derecho) y cont. así hasta el final. Hacer 7 V.

V siguiente: (2 derecho jun.) y cont. así hasta el final. Hacer 7 V.

V siguiente: (2 derecho jun.) repetir tres veces, hacer un P derecho. Hacer 7 V.

V siguiente: (2 derecho jun.) repetir, men., romper el hilo y pasarlo por los P que quedan.

El ala: Saca 77 P del borde más ancho del sombrero, y haz una V en punto elástico.

V siguiente: (aum. un P, haz 6 P derecho) y así hasta el final. Haz una V.

V siguiente: (aum. un P, haz 7 P derecho) y así hasta el final. Haz una V.

V siguiente: (aum. un P, haz 8 P derecho) y así hasta el final. Haz 3 V.

V siguiente: (aum. un P, haz 9 P derecho) y así hasta el final. Haz 3 V.

V siguiente: (aum. un P, haz 4 P del derecho) y cont. así hasta el final, terminando con un P del derecho).

Haz 5 V.

Cierra.

CINTA:

Con las agujas del n.º 8 y la lana crema sport echa 18 P y cont. en punto elástico de la siguiente manera:

V n.º 1, 3, 6 y 8: (haz 3 P del derecho en color crema, 3 P del derecho en color rojo) 3 veces.
V n.º 2, 4, 5 y 7: (haz 3 P del derecho en rojo, 3 P del derecho en crema) 3 veces.
Cont. así hasta que la cinta mida 60 cm.
Cierra.

CONFECCION:

Cose las costuras del sombrero a punto de manta, el alambre al borde del ala en hilo negro a 2 cm. del borde, y une los dos extremos de la cinta y sujétala al sombrero con unas puntaditas.

ELEGANTES MITONES

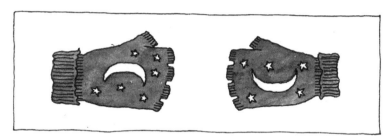

LANA: un ovillo de 50 grs. de lana negra de sport, y un ovillito de lana lúrex plateada.
AGUJAS: de 4 mm. (n.º 8) y de 3 1/4 mm. (n.º 10), y tres imperdibles.
TENSION: con 22 P y 28 V te tiene que salir un cuadrado de 10 cm.

MANO IZQUIERDA: Con las agujas del n.º 10 echa 41 P y haz 30 V en P elástico (un P derecho, un P revés).
Cambia a las agujas del n.º 8 cont. en PL emp. por una V del revés, haz 20 V.

SEPARACION PARA EL DEDO GORDO:

Haz 34 P del derecho, deja los 7 restantes en un imperdible y echa 7 P más.
Emp. con una V del revés, haz 15 V en PL.
**Rompe la lana y pasa 15 P a un imperdible. Con las agujas del n.º 10 haz una V de punto elástico en los 11 P siguientes.
Deja los otros 15 P en un imperdible.

Cont. con los otros 11 P y haz 5 V más de punto elástico.
Cierra sin apretar mucho la lana.
Cose la costura para formar el agujero del dedo.

SIGUIENTE DEDO:

Coge 5 P del imperdible, 3 P de la V de elástico que ya habías hecho, y 5 P del otro imperdible (en total 13 P).
Haz 6 V de P elástico.
Cierra sin apretar mucho la lana y cose la costura.
Repite esta operación 2 veces más.

DEDO GORDO:

Con las agujas del n.º 10 coge los 7 P que habías echado, 3 P de los que hay entre los que habías echado y los del imperdible, y los 7 P del imperdible (17 P en total).
Haz 6 vueltas en punto elástico.
Cierra sin apretar mucho la lana y une la costura.

MANO DERECHA:

Con las agujas del n.º 10 echa 41 P y haz 30 V en punto elástico.
Cambia a las agujas del n.º 8.
Cont. en PL emp. por una V del revés y haz 19 V.

SEPARACION PARA EL DEDO GORDO:

Haz 34 P del revés, deja los 7 restantes en un imperdible y echa 7 P más.
Emp. con una V del derecho, haz 16 V de PL.
Repite el mismo trabajo de la mano izquierda desde ** hasta el final.

LUNA:

Con las agujas del n.º 10 y la lana lúrex echa 8 P y cont. en PL.
Haz una V.
Aum. un P al principio de cada V hasta que tengas 13 P.
V siguiente: disminuye 6 P y termina la V.
Haz 13 V.
V siguiente: aum. 6 P y termina la vuelta.
Disminuye un P al principio de cada V hasta que te queden 6 P.
Cierra.
Haz otra luna igual.
Cóselas al dorso de los mitones con unas puntaditas. Si quieres darles un toque de distinción, cóseles también unas lentejuelas en forma de estrella. Cose las costuras.

CAPÍTULO 9
HOBBIES Y MANUALIDADES

LA COLCHA LOCA

SI HAS INTENTADO HACER ALGUNA VEZ UNA COLCHA SABRÁS LO DIFÍCIL QUE ES, ¿NO?

SIN EMBARGO, ESTA COLCHA LOCA ES MUY FÁCIL DE REALIZAR; NO SE NECESITA PATRÓN Y SIRVE CUALQUIER TELA.

PON UNA SÁBANA EN EL SUELO, Y ESPERA A QUE TE DÉ UN ATAQUE DE RABIA: ROMPE LA TELA EN PEDAZOS Y TÍRALOS POR LOS AIRES.

LUEGO SÓLO TIENES QUE IRLOS COSIENDO AL BUEN TUNTÚN, EMPEZANDO POR UNA ESQUINITA HASTA QUE ACABES LA COLCHA.

CUBRE-TETERAS
MODELO CALAVERA
MODELO MURCIÉLAGO

MATERIALES: dos rectángulos de 35 × 90 cm, uno de fieltro negro y otro de tela de forro; un cuadrado de 30 cm de lado de fieltro blanco; guata; hilo de coser y de bordar. Agranda el diagrama inferior, ampliando cada cuadradito a 3 cm y saca: 1) el patrón del cubreteteras; 2) el motivo de calavera y tibias (sólo la línea exterior); 3) la tira para las vueltas del borde inferior (5 cm de ancho).

Corta las dos piezas del cubreteteras en tela de fieltro y forro; el motivo de la calavera en fieltro blanco (recortando los agujeros para los ojos, nariz y dientes); dos tiras para las vueltas en fieltro negro. Coloca el motivo en una de las partes del cubreteteras y cóselo a punto de guante con hilo de bordar, según se muestra en la figura.

Monta cada parte del cubreteteras en una pieza de guata y cose las cuatro piezas juntas, siguiendo la curva exterior, a 1 cm del borde. Dale la vuelta y remata el borde a punto de guante. Une las dos piezas del forro y cóselas con cuidado al interior del cubreteteras.

MATERIALES: dos rectángulos de 35 × 90 cm, uno de fieltro negro y otro de tela de forro; un trozo de 12 × 18 cm de fieltro rojo; guata; hilo de coser y de bordar. Agranda el diagrama inferior, ampliando cada cuadradito a 3 cm y saca: 1) el patrón del cubretete- ras; 2) el motivo de ojos y boca (siguiendo la línea quebrada); 3) la tira para las vueltas del borde inferior. Corta las dos piezas del cubreteteras en fieltro negro y en tela de forro (el forro 2 cm más corto que el fieltro por el borde inferior). En una de las piezas de fieltro recorta los agujeros de los ojos y la boca. Ponle por detrás la pieza de fieltro rojo y cósela a punto de guante.

Monta cada parte del cubre teteras en una pieza de guata, procuran- do que la superficie de guata quede algo más pequeña que la de fieltro (a unos 5 mm del borde). Luego une las dos piezas del forro y cóselas al cubreteteras por dentro, haciéndoles un dobladillo por el borde inferior. Por último, pasa un pespunte rojo por las líneas de puntos.

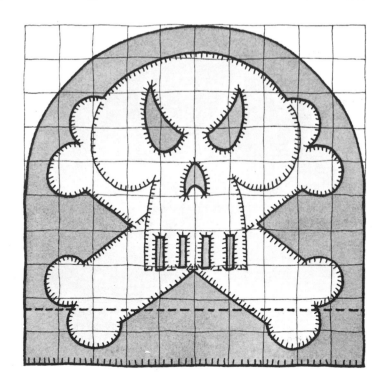

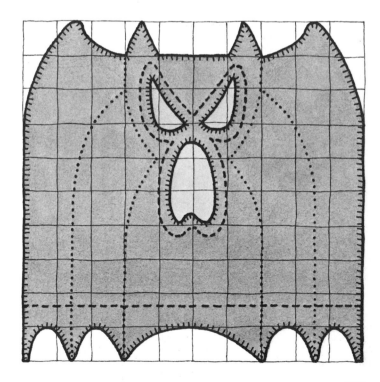

PAREDES ESTARCIDAS

UNA MANERA BARATA DE PINTAR UNA PARED CON UN BONITO DISEÑO ES PASAN-
DO UN RODILLO CON OBJETOS INCUSTRADOS. PERO ANTES DEBES PONERTE
UN DELANTAL, YA QUE ALGUNOS DE LOS "OBJETOS" TAL VEZ NO ESTÉN
MUY DE ACUERDO CON TUS NUEVAS TENDENCIAS ARTÍSTICAS.

UNA ALFOMBRA MUY ÚTIL

Una alfombra puede resultar muy útil si tienes que tapar manchas en el suelo, pasadizos secretos, o moquetas quemadas o rotas. Tejiendo se pueden pasar horas inolvidables, y se pueden entretener varias brujas haciendo la misma alfombra, aunque como a la hora de decidir quién se queda con la alfombra se pueden organizar peleas descomunales, tal vez ésta sea una idea poco práctica. De todos modos esta alfombra está especialmente diseñada para que quepa en cualquier habitación.

INSTRUCCIONES:

SE NECESITA: Un trozo de cañamazo de 180 cm. × 90 cm., con 3 agujeros por cada 2,5 cm., 66 paquetes de lana de hacer alfombras, de 68 mm. de largo, con 320 hebras por paquete (29 paquetes de lana azul, 11 púrpura, 11 negro, 7 rosa, 7 amarillo y uno rojo), y un ganchillo de nudos.

Pero antes de empezar a hacer nudos, presta atención: la alfombra, que mide 166 cm. × 83 cm. cuando está acabada, tiene 20.000 agujeros; es decir que tienes que hacer 20.000 nuditos en 20.000 hebritas de lana. Si en un minuto haces 5 nudos, tardarás 67 horas en hacer la alfombra. Si trabajas dos horas al día, tardarás 34 días. Pero las brujas no son famosas por su paciencia, y suelen enfadarse e impacientarse aún más de lo normal.

Así que antes de ponerte manos a la obra, piensa primero si de verdad necesitas la alfombra. Si crees que tu casa no es tu casa sin la alfombra, empieza la labor en otoño, y en primavera la habrás acabado, pero si piensas que puedes vivir sin ella, pasa la página y prueba a hacer un cojín.

En todo caso, y por si te decides, he aquí las instrucciones. Calca el dibujo a lápiz en el cañamazo, dejando 4 agujeros a cada borde. Dobla el dobladillo, y empieza por una esquinita, trabajando en línea recta hasta que acabes.

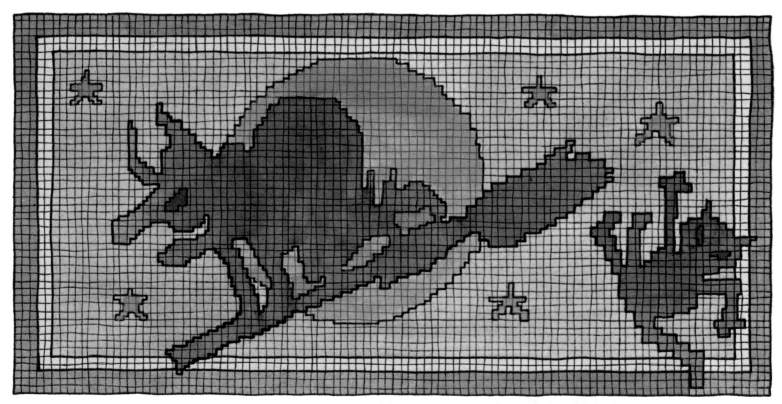

CADA CUADRITO REPRESENTA CUATRO AGUJEROS DEL CAÑAMAZO.

COJINES

MATERIALES: Para cada cojín, algún retalito de color atractivo, una almohadilla cuadrada de 46 cm de lado o relleno de goma-espuma, seda de bordar, hilo a juego y una cremallera de 40 cm. Cada cojín consiste en un cuadrado central de 36 cm, una orla compuesta de cuatro cuadrados de 6 cm y cuatro rectángulos de 6 × 36 cm, un dibujo aplicado sobre el derecho del cojín y una pieza cuadrada lisa de 48 cm para el revés. Los patrones se obtienen copiando alguno de los diseños adjuntos, pero con cuadrados de 6 cm de lado y recortando: 1) el cuadrado central; 2) el cuadrado de la orla; 3) el rectángulo de la orla; 4) el cuadrado del revés. Hay que dejar un dobladillo de 7 mm en cada borde. Se recorta entonces el dibujo, dejando un dobladillo de 5 mm si se quiere coser directamente sobre la tela del derecho, o sin dobladillo si se pretende coser interponiendo una entretela.

Recorta los dibujos en un color que contraste, por ejemplo un gato negro sobre un cojín rojo, una bruja morada sobre un cojín verde, una calabaza naranja sobre un cojín azul, etc. Cose los dibujos. Cose por el revés los tres lados del cojín, y, en el cuarto, ponle la cremallera. Rellénalo de goma-espuma, y a celebrarlo con tus amigas.

LA ESCOBA

LA ESCOBA ES UNO DE LOS INSTRUMENTOS MÁS IMPORTANTES PARA UNA BRUJA: ES MUY ÚTIL EN LA CASA, PERO ES TAMBIÉN UN MEDIO DE TRANSPORTE MUY BARATO.

CÓMO HACER UNA ESCOBA

RAMAS DE ABEDUL O DE BREZO

INTRODUCE EL MANGO EN LAS RAMAS.

GOLPÉALO CONTRA ALGO DURO,

Y PON UN CLAVO POR SI ACASO

CÓMO VOLAR

LA NUEVA VERSIÓN DE LA ESCOBA TIENE SUS INCONVENIENTES.

TEN CUIDADO CON TU PRIMER VUELO Y...SI ESTO NO ES LO TUYO...

SIEMPRE LE PUEDES BUSCAR OTRA UTILIDAD A LA ESCOBA.

77

CAPÍTULO 10
FESTIVIDADES

EL DÍA DE DIFUNTOS

LAS BRUJAS APROVECHAN CUALQUIER OCASIÓN PARA ORGANIZAR UNA MERENDOLA. EL DÍA DE DIFUNTOS, DOS DE NOVIEMBRE, SE CORREN UNA JUERGA FENOMENAL.

DECORACIONES

GUIRNALDAS Y CADENETAS DE CALAVERAS   Y MURCIÉLAGOS

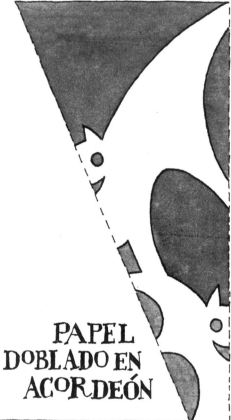

PAPEL DOBLADO EN ACORDEÓN

90 MM
←65MM→

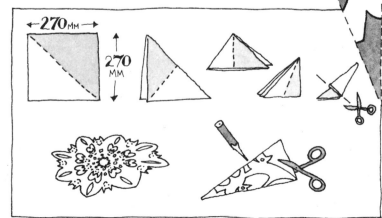

←270MM→
270 MM

80

CÓMO PREPARAR LA CALABAZA

UNA MERIENDA TÍPICA

PASTEL DE CALABAZA CON CALABAZA

★ TARTA CHISTOSA

★ SOPA DE GUSANOS

CHAMPIS

★ MADALENAS PIRATA

★ TARTALETAS ESTANCADAS

★ GALLETAS RÓTULA

TARTA COCA

SOPA DE CALABAZA

★ TARTA ENVENENADA

INVITADA INDESEABLE

★ VEÁSE CAPÍTULO 2

SANAS DIVERSIONES

POR LAS BUENAS O POR LAS MALAS

LAS BRUJAS SUELEN VISITAR AL VECINDARIO PARA PEDIRLES EL AGUINALDO, Y NO HACE FALTA AMENAZAR A NADIE: CON TAL DE PERDERLAS DE VISTA UNO LES DA LO QUE SEA.

ROMPE EL ESPEJO

EL JUEGO CONSISTE EN ROMPER TANTOS ESPEJOS COMO SEA POSIBLE MIRÁNDOSE EN ELLOS. PERO PUEDE RESULTAR UN POCO CARO.

BUSCA LA CALABAZA

UNA BRUJA SALE DE LA HABITACIÓN MIENTRAS LAS OTRAS ESCONDEN LA CALABAZA EN UN SITIO DE LO MÁS INSOSPECHADO.

LA PESCA DE LA MANZANA

SE ECHA UNA DOCENA DE MANZANAS EN UN BARREÑO DE AGUA. GANA LA BRUJA QUE SAQUE MÁS MANZANAS SIN USAR LAS MANOS.

PASA EL MURCIÉLAGO

SE VA PASANDO EL MURCIÉLAGO DE MANO EN MANO. CUANDO SE PARA LA MÚSICA, LA QUE TIENE EL BICHO SALE DEL JUEGO.

EL ESCONDITE

LA BRUJA MÁS TONTA SE VA A ES-CONDER. LAS OTRAS CUENTAN HASTA 113 Y LUEGO SE VAN A OTRA FIESTA.

LA ESCOBA NO ES COBA

HAY QUE SUBIRSE A UNA ESCOBA EN MARCHA, Y TONTA LA QUE SE CAIGA.

DA EN EL CLAVO

...SÓLO QUE SIN CLAVO: HAY QUE METER LA BABOSA EN EL GORRO DE LA BRUJA QUE SE LA LIGA. PRIMER PREMIO: UNA PIRAÑA.

BRUJAS INTERNACIONALES

AMÉRICA

AUSTRALIA

INGLATERRA

ALEMANIA

HOLANDA

ITALIA

LAS BRUJAS DE OTROS PAÍSES CELEBRAN SUS FIESTAS LUCIENDO HERMOSOS TRAJES TÍPICOS.

CANADÁ

FINLANDIA

FRANCIA

JAPÓN

ESPAÑA

SUECIA

NAVIDAD

LA NAVIDAD NO ES UNA DE LAS FIESTAS PREDILECTAS DE LAS BRUJAS, PERO EN CAMBIO SE LO PASAN ESTUPENDAMENTE AGUÁNDOLE LAS FIESTAS AL VECINO. EN CUANTO UNA BRUJA VE A ALGIEN DISFRUTANDO DE LAS NAVIDADES PONE EL MAYOR EMPEÑO EN HACERLE LA PASCUA.

EL RINCÓN ENCANTADO

A LAS BRUJAS LES ENCANTA SECUESTRAR A PAPÁ NOEL Y HACER DE LAS SUYAS EN EL DEPARTAMENTO DE JUGUETES DE LOS GRANDES ALMACENES.

EL CENTRO IDEAL
DESEA A TODOS SUS CLIENTES MUY FELICES PASCUAS

BARRIL DE LAS SORPRESAS

PAPÁ NOEL DE VERDAD

PAQUETITOS CON LADRILLOS

GLOBITOS SORPRESA

IDEALES PARA FASTIDIAR CUALQUIER FIESTA. RELLÉNALOS CON HARINA, POLVO O CUALQUIER COCHINERÍA Y YA VERÁS QUÉ JUERGA CUANDO EXPLOTEN.

ACEBO SORPRESA

¿POR QUÉ COLGARLO DEL TECHO? ES MUCHO MÁS DIVERTIDO COLOCARLO EN CUALQUIER RINCÓN.

UN ÁRBOL MUY ESPECIAL

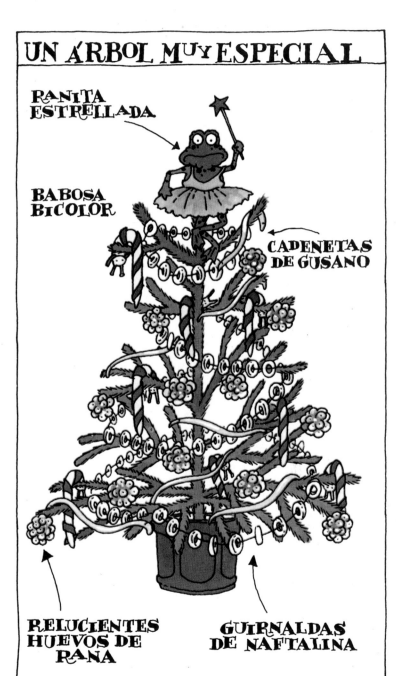

RANITA ESTRELLADA

BABOSA BICOLOR

CADENETAS DE GUSANO

RELUCIENTES HUEVOS DE RANA

GUIRNALDAS DE NAFTALINA

CON ESTOS CAMBIOS EN EL ÁRBOL DE NAVIDAD LE PUEDES DAR LA SOFOQUINA A CUALQUIERA.

DULCES NAVIDEÑOS

TARTA NEVADA

 +  +  =

BIZCOCHO DE FRUTAS   **DECORACIONES**   **AZÚCAR GLASEADO BLANCO Y NEGRO**

BUDIN AVALANCHA

NATA
FRUTA Y GELATINA
BIZCOCHO

 +  + =

BUDIN   **DECORACIONES**   **MERENGUE**

ESCOBA ESCOBERA

 + 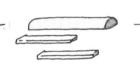 +  =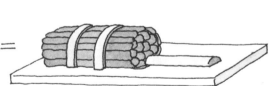

BRAZO DE GITANO   **MAZAPÁN**   **MANTEQUILLA DE SORIA**

PASTEL INTERMINABLE

 +  +  =

PLANCHA   **CREMA DE CHOCOLATE**   **ACEBO**

BROMAS NAVIDEÑAS

DERRETIR MUÑECOS DE NIEVE

UNA BOLSA DE AGUA CALIENTE ESTRATÉGICAMENTE COLOCADA DERRITE UN MUÑECO DE NIEVE EN UN SANTIAMÉN. LA BRUJA QUE DERRITA MÁS MUÑECOS, GANA.

MANGAHADAS

LA BRUJA QUE MANGUE MÁS HADAS DE LOS ÁRBOLES DE NAVIDAD GANA. SE PERMITE USAR LA ESCOBA.

A LA LIMA Y AL LIMÓN

UNA BRUJA CHUPANDO UN LIMÓN DESTRIPA CUALQUIER CONCIERTO DE VILLANCICOS. LA BRUJA QUE MÁS VILLANCICOS DESTRIPE, GANA.

EL CUENTO DE LA BUENA PIPA

CAMBIAR LOS NOMBRES EN LOS REGALOS PUEDE DAR MUCHAS SORPRESAS. NO GANA NADIE, PERO SE RÍE UNA MUCHÍSIMO.

CAPÍTULO 11
LA BRUJA MODERNA

EMPLEOS ADECUADOS

Hoy en día, a muy pocas brujas se les paga a cambio de algún truco de magia, así que tienen que ganarse la vida de otro modo.

Las profesiones aquí mencionadas las suelen desempeñar gente normalita, pero también son muy adecuadas para que las brujas demuestren su talento. La escala de murciélagos muestra las cualidades que se necesitan para cada empleo. Por supuesto hay muchísimos más, y cualquier bruja emprendedora sabrá encontrarlos.

CUALIDADES NECESARIAS

EGOÍSMO	🦇
ODIO A LOS NIÑOS	🦇
AVARICIA	🦇
MEZQUINDAD	🦇
AMBICIÓN DE PODER	🦇
INDISCRECIÓN	🦇
CABEZONERÍA	🦇

AZAFATA

PROFE DE GIMNASIA

TELEFONISTA

GUARDIA DE TRÁFICO

RECEPCIONISTA

RECEPCIÓN

DEPENDIENTE

MAESTRA

GUÍA DE TURISMO

ACOMODADORA

CAMARERA

93

ÍNDICE